KB178328

제1회
노동예술제
기념시집

꽃은 져도 노동은 남네

노동문학관 엮음

푸른사상
PRUNSASANG

　노동문학관은 노동과 노동문학의 참된 가치와 얼을 후대에게 전하기 위해 건립되었습니다.

　노동문학관의 염원인, 노동과 노동예술의 참된 가치와 얼을 담은 '제1회 노동예술제'를 개최하며, 그 일환으로 기념시집 『꽃은 져도 노동은 남네』를 펴냅니다.

　현대를 넘어 후대를 향한, 무한한 희망을 찾아 길 떠나는 책무의 길마당에 동참한 시인 41명의 노동절 오월비 같은 시혼(詩魂)을 절절하게 듬뿍 담았습니다.

　시집으로 펴내지만, 후대의 귀한 길라잡이, 연구자료 등은 물론 참된 가치와 얼이 될 것으로 믿어 의심치 않습니다.

　이 뜻깊은 길마당 명석을 고이 깔아준 충청남도와 홍성군에 무한한 감사의 마음을 전합니다.

2022년 4월
노동문학관장 정세훈

| 차례 |

■ 책머리에   3

강병철	소년공에게	9
강태승	시조새 울음	11
공광규	몸관악기	13
권위상	공사장 가는 길	14
권혁소	자기소개	15
김수열	호모 마스크스	17
김윤환	특수사업자 K	19
김이하	목숨, 환한 봄 목련 지듯	20
김정원	자본주의를 넘어	22
김형효	불안	23
김희정	숲 2	25
나종영	눈물밥	26
맹문재	움켜쥔 길	28
박관서	가난과 궁기의 다른 이름	30
박선욱	창밖에 비가 내릴 때	32
박설희	들판에서	34

박성한   봄비   35

박일환   신 공무도하가   36

양문규   아버지의 연장   37

여국현   오르막길을 오르는 법   38

오철수   자세에 대해   40

옥효정   외줄   41

유국환   바람이 머물렀다 간 자리   43

유덕선   월곶에서   45

유용주   당신은 상추쌈을 무척 좋아하나요   46

윤임수   호적   47

이은봉   부활   48

이정록   괭이갈매기   50

이태정   먹먹해지는 일   51

임경묵   기타 노동자   53

장우원   해장라면   55

전선용   개화(開花)   57

| 차례 |

정세훈   어둠에 이마를 대고   58

정소슬   걸레   59

정연수   꽃은 져도 노동은 남네   61

정원도   지구가 살해되고 있다   63

조기조   반려의 기술   66

조동흠   농부와 노동과 문학관   67

조호진   부천역 아이들 1   70

지창영   의사봉과 망치   74

채상근   개들이 말을 했으면 어쩔 뻔했어   77

■작품 해설 코로나 시대의 노동시_ 맹문재 79
■시인들 소개 96

꽃은 져도 노동은 남네

소년공에게

강병철

동백꽃 피어오르던 소년의 3월이
절박하게 젖어온다 동무들 모두 제복의 표정으로
상급반 교실 들어서던 열세 살, 너는
공장에 들어섰다 어미의 마디진 손 잡고
붉은 꽃 심장박동 다독다독 쓰다듬던

반백 년 세월이 빛의 속도로 흐른
또 다른 3월을 잊지 못한다 자정이 지나면서
우리는 새벽을 두려워하며
어느 누구의 눈동자도 맞출 수가 없었다
가위눌림에 시달리다가 척박한 외로움으로
아프게 고백했다 사랑한다

프레스에 눌린 장애의 팔뚝을
하염없이 사랑하리라 고단한 노동 마치고
맨살 만지던 어미의 깊은 사랑 놓치지 않으리라
공중변소 치우고 소도구까지 정리한 누이와
이맛살 맞대던 둥근 밥상 풍경까지
울멍울멍 쓰다듬는 중이다 그러나

울지 말아야 한다

너보다 먼저 후엉후엉 포효하던 백성들을
달래라고 말하지는 않겠다 그리고
두근두근 손을 내민다 이 땅의 민초들은
사슴처럼 기다리고 있으니, 일어서라, 일어서라
흩어진 별 조각 모아야 한다

소년공이여 맑은 우물로 오순도순 견디고 싶었으나
도도히 흐르는 강물로 변신할
운명의 소년공이여 고지가 바로 저긴데
문턱에서 넘어져도 넉넉하게 견딜 만하더냐
쇳가루 하나까지 반짝반짝 새순 틔우며
차돌이 샘물 되도록 다지느냐 운명의 소년공이여

시조새 울음

강태승

오랜 멍에를 늙은 소의 등에 메이고
써레질하다 보면 홍해 바다처럼
앞뒤가 환하게 갈라지다
높음을 낮게 낮음을 높게 하다 보면
아랫도리가 같은 높이로 간결해지다
슬픔과 기쁨도 같은 깊이로
밀려났다 채워지는 논바닥으로
서툰 자세인 양 부는 바람,
소와 나는 단지 모내기일 뿐인데
종일 굳이 해야 할 일인데
하늘과 땅이 항상 내통하며
논바닥을 체온(體溫)으로 데운다
써레질할수록 한 음으로 묶이는 논
아니 한 몸으로 비추는 구름,
저녁 무렵 애들처럼 개구리 울면
홍해를 밀듯 앞서가는 소
시조새 울음 섞인 목소리로
신고산 타령이나 부르다가
땀에 찌든 하루 개울에 담그면
산다는 것과 살아야 한다는 낱말
모래처럼 이빨 사이로 구르다가

ㄱ ㄴ ㄷ…으로 풀어지면
금세 파랗게 떨리는 입술
송사리가 종아리의 소름을 물면
핏줄마다 아프게 터지는 웃음,
초승달은
고맙거나 섭섭하지 않게 뒷산 비추다.

몸관악기

"당신, 창의력이 너무 늙었어!"
사장의 반말을 뒤로하고
뒷굽이 닳은 구두가 퇴근한다

살 부러진 우산에서 쏟아지는 빗물이
굴욕의 나이를 참아야 한다고
처진 어깨를 적시며 다독거린다

낡은 넥타이를 끌어당기는 비바람이
술집에서 술집으로
걸레처럼 끌고 다니는 밤

빗물이 들이치는 포장마차 안에서
술에 젖은 몸이
악보도 연주자도 없이 운다

공사장 가는 길

권위상

오랫동안 거울을 본 적이 없어 얼굴이 기억나지 않는다
춥다고 느껴지는 건 몸에 열이 있다는 것
광대뼈에 든 복숭아가 마루에서 구른다
현기증 같은 안개 속을 더듬어 걷다가 개를 보았다
화살 같은 바람 속에서 우두커니 선 길 잃은 개
우물이 있다 두레박 없는 우물가엔 물고기가 죽어 있다
뜯겨나간 살점에 날카로운 이빨 자국

하청에 재하청을 수락하는 데 대해 의견이 분분하다
식은 국물도 바닥나고 날은 어두워지는데
깡소주를 들이켜던 일행 중 하나가 병을 깨뜨린다
파편으로 흩어지는 분노
어디로 가야 할지 어디서 머물러야 할지
하나씩 둘러멘 가방이 혹처럼 부풀어 오르고

묵직한 눈은 내리고 열은 내리지 않는다
해열을 위한 유일한 해법은 몸을 식혀야 한다
큰 눈이 오면 바람은 자중하는 법
작업화 발자국에 눌린 숨소리가 거칠게 굴러다닌다
소리라는 도구가 해열제가 될 수 있을까

희미하게 불 켜진 여인숙이 보인다

자기소개

권혁소

학교 선생이라고 하면
무슨 선생이 수염에 빡빡이냐며 갸우뚱하다가
음악 선생이라고 하면
농담도 잘한다며, 체육 선생 아니냐 되묻는다
체육 선생은 그래도 되는지 모르겠지만

음악 선생은 모름지기 손가락이
희고 길고 가늘고
머리는 작고 목은 길고
몸피는 보호본능을 일으킬 만해야 하고
눈은 사슴처럼 선하게 깊어야 한다는 것이겠는데

음악 선생을 증명할 방법이
아리아를 부르거나 피아노를 쳐 보이는 건데
그럴 수 없을 때가 더 많고
대중들의 선입견을 뭐라 할 분위기가 아닐 때가 많아
자기소개는 늘 농담으로 끝나곤 하는데

검고 짧고 굵은 손가락은
아버지의 부재에서 비롯된 노동의 산물이고
전투적 눈빛은 어리숙하게

시대와 맞서다 뒤집힌 것이니
돌쇠형의 외모를 전적으로
내 탓이라고만은 할 수 없는데

망치질하듯 해서
피아노에게 미안할 때가 많지만
아직은 손가락이 건반 사이에 끼이지는 않으니

노동도 멀고 투쟁의 길은 더 멀었다는 얘기겠다

호모 마스크스

김수열

집 안만이 물 밖이다
집 밖으로 나선다는 건 물속으로 들어간다는 것
마스크가 없으면 물속으로 갈 수가 없다
가서는 안 된다 마주 오는 마스크와 마주치면
내외를 하거나 따가운 눈총을 견뎌야 한다
대중교통을 이용할 수도 차 한 잔 마실 수도 없다
남녀는 물론이고 노소도 예외가 없다
마스크가 마스크에게 말을 걸고
마스크와 마스크가 마스크 때문에 언성을 높인다
여분의 마스크가 구원이고 신의 은총이다
집 밖은 언제나 깊은 물속이다

마스크가 바람에 펄럭인다
잎 떨어진 가지에 마스크가 나부낀다
빨간 마스크 노란 마스크 검은 마스크
공항의 감시견을 제외하고는 모든 것이 마스크다
승객은 물론이고 비행기도 마스크를 쓴다
공항의 돌하르방도 예외일 수는 없다
마스크가 바람을 이끌고 낙엽처럼 나뒹군다
공원의 비둘기는 마스크에 발 묶여 옴짝달싹 못 하고

어부의 그물에는 물고기 대신 마스크가 잡힌다

한 해에 6백억 마리의 닭 뼈가 지층을 이루는 지금이다
집 안에 들어서야 마스크 벗고 잠자리에 드는 오늘이다

특수사업자 K

김윤환

위험한 일은 언제나 용감한 당신에게
급하고 무거운 일은 기운 센 당신에게
어둡고 습한 일은 긍정적인 당신에게
이문(利文)이 적은 일은 늘 헌신적인 당신에게
지치고 막연한 일은 만사 경험자인 당신에게
외롭고 두려운 일은 갈 곳 없는 당신에게

해 뜨지 않는 절벽에
죽은 시계로 서 있는 당신
빈칸의 견적서로
눈뜬 채 누워 있는
특수사업자 K씨

목숨, 환한 봄 목련 지듯

김이하

우리는 아는지 모르는지
저 화사한 꽃그늘 아래에선 아직도
생멱이 터진다, 생목숨 진다

슬픔을 걷고 돌아서면 또다시 밀려오는 고통
쇳물이 펄펄 끓는 용광로에서, 끝 모를 고공에서, 괴물
같은 기계 속에서
벌건 대낮에 음침한 일터에서 발버둥 치던 멱
바싹 틀어쥐고 불구덩이로 몰아넣는 산업 궁전에서
단말마도 없이 스러지는 인간사(人間事)

그들도 정녕 이 땅의 사람이었나
화들짝 놀라, 한 번도 내 삶이 아니었던 그 자리 박차고
나와
거리에서 내뱉는 간절한 울부짖음
들리는가, 절망한 노동자가 울음 범벅으로 악쓰는 소리
사근거리는 어떤 놈의 알랑방귀도 아니고
돈짐이나 지워주겠다는 그런 놈들 살살거리는 소리도
아니고
그래, 거대한 산업 궁전의 위용에는 하등 쓰잘 데 없는
쇠가 쇠를 갉아먹고 살이 살을 파먹는 듯한 생멱 따는

소리

  그들이 사람이겠느냐

  화려한 돈 무더기 속에서 욕망의 용광로가 끓고 넘치
는 한
  노동자 심장에서 증기를 내뿜듯 피를 뿜고 죽어도
  돌아보지 않는, 비정한 개만도 못한 살덩어리들이여
  생멱을 따서 흩뿌린 핏자국 선명한 자리
  오로지 자본을 위하여 눈 귀를 막은 악귀들이여
  그들이 죽고 고요한 밤, 거룩한 축배나 드는가

  시궁쥐가 욕망을 갉아 멸망의 구멍을 내는 야심한 밤
에도
  살벌한 원혼의 휘파람 소리 솟구치는 신새벽에도
  아, 슬픔을 지우러 꽃놀이 가는 길에도
  봄날 목련 지듯 생멱이 진다, 생목숨 진다

자본주의를 넘어

모나리자 미소는 신비롭다

그러나 내 미소가 더 신비롭다

왜냐하면,

사람들이 시장에서 나를 잘 모르고

내 미소는

여직 상품이 되지 않았기 때문이다

불안

김형효

사람들이 하나
사람들이 둘
그리고 셋
그렇게 우리의 불안이 뭉쳐서 평화가 왔던 것이다.

사람들이 하나
사람들이 둘
그리고 셋
그렇게 각자의 안위로 흩어져 불안이 왔던 것이다.

어머니는 말씀하셨다.
살아만 있으면 다 되어야!
그래 단단히 살아만 있으면
우리는 다 할 수 있어야!
내가 벗에게 한마디하는 것이다.

죽을 것 같던 불안을
못 살 것 같던 불안을
지난 시대로 살아온 역사와
지난날을 견뎌온 부모와

지난 시대의 의인들이 살아낸 것이다.

우리는 또 이 불안을 열어가는
촛불 하나
촛불 둘
그리고 셋, 넷, 다섯 하며 살아가는 것이다.
길은 길을 만나니까.
험하고 험해도 길은 길을 외면하지 않으니까.
우리는 그걸 아니까.

숲 2

김희정

어둠 앉으면
산 그림자 본다
고단함이라는 것이
낮을 건너왔다
새들이 해거름과 함께 쉴 곳을 찾아
깃을 내리듯
생명의 집이다
꽃의 방에 들어가는 벌처럼
빛을 모으기 위한 시간
사람만이 아니었다
온기가 필요한 것들의 몸부림이
밤을 불렀다
그래서
녹색을 벗어 이불을 만든다
숲에 들어가면
고요한 이유이다

눈물밥

나종영

눈물이 밥이다
눈물을 흘리면서 먹는
밥은 곧 눈물이다

밥이 눈물이다
하루 밥을 먹기 위하여 서른 번의
눈물을 흘려야 한다면
눈물은 곧 밥이다

눈물이 귀한 세상
밥을 먹으면서 웃는 세상
웃으면서도 밥을 먹는 세상

그런 세상이 왔으면 좋겠다
두레밥상 가에 둘러앉아
웃으면서 먹는 온 세상의 고봉밥이여

눈물로 먹는 밥이
촛불이 되고 민주주의가 되고 평등이 되고
유모차를 끄는 평화가 되는 세상

눈물이 밥이다

광화문 광장 구석에서 차가운 맨밥을 삼키던
아우여
밥이 곧 세상이고
사람 냄새 넘치는 자유의 길이다

밥을 씹으면서 걷는
눈물의 길이여
가슴 뜨거운 세상의 사랑이여

움켜쥔 길

맹문재

불을 켰지만 아픈 길

온몸에 바늘을 꽂으며
바다 같은 사랑의 싹을 틔운 길

손가락 사이로 빠져나가는 결단을 움켜쥐고
신앙인처럼 선택한 길

전태일은
1970년 8월 9일 일기장에서
"나를 버리고 나를 죽이고 가마"라고 썼다

강윤호, 김분년, 김진하, 노금옥, 민기복,
박노연, 박대성, 신　경, 신천수, 안원순,
안　재, 양규용, 오항규, 원일오, 윤병천,
윤광원, 이명득, 이원갑, 이완형, 이창식,
전선자, 전효덕, 정인교, 조행웅, 진복규,
천칠성, 최돈혁, 최흥선, 황인오……
1980년 신군부의 고문에도
사북항쟁의 길을 포기하지 않았다

성희직도

1989년 7월 20일 명동거리에서
배밀이로 갱목을 끌며
광부의 길을 움켜쥐었다

가난과 궁기의 다른 이름

박관서

연사흘 동안 동영상을 만드느라
녹초가 된 아내가 옆에서 코를 득득 곤다

지난 밤새 건져 올린 붕어는 모두 배고픈 놈들이다[*]
라는, 시구가 가슴을 치는 새벽에 여전히

사오 층 높이의 흔들리는 아시바 위에서
벽돌과 벽돌 사이를 매끄럽게 메우는 노가다를

마친 어머니가 굽은 등을 구부리고 새큰새큰
잠들어 있어 옆에서 새가슴으로

가난은 슬픔도 지워버리는 것을 보았다 작업복에
배인 땀 냄새를 삼십여 년 맡으며 건넜다

사람들 앞에 나서겠다고 제 잘난 사진들을 뒤져
한 편의 그럴듯한 홍보 영상을 만드는

그녀 곁에서 재삼 재사 묻는다 아가리에 스스로 꽂은
굵은 낚싯바늘이 궁기가 아니기를

되뇌며 되새기며 모처럼 찾아온 허기를 달래려
아침상을 본다 가난과 궁기는 다르다

* 박천호 시인의 시 「낚시꾼」에서 따옴.

창밖에 비가 내릴 때

박선욱

창밖에 비가 내릴 때
그리운 친구는 무얼 하고 있을까
지하철 깊은 서울의 공사판에서
철철 비 맞으며
땅을 파고 있을까
광주 주월동 세차장에서
종일 차를 닦으며
기름때 절은 손으로
터진 옷을 깁던 친구
정붙일 곳 없는
서울로 서울로 다시
일하러 떠난 친구야
이 땅이 결코 싫지 않으면서
먹고살기 위해
인부가 되어 사우디
불볕 사막으로 간다던
친구야
오늘도 서울의 어느 하늘 밑
질척이는 길을 걷느냐
단칸방 양철지붕 때리는
빗방울로

울컥울컥 가슴 아픈 라면을 끓이는지
이 밤도
어디선가 힘찬 곡괭이질로
단단한 바위와 싸우고 있는지
친구야 몹시도 궁금하구나
친구야

들판에서

박설희

새 떼들 끼룩거리며 한 방향으로 날아간다

혼자 힘겹게 날개 퍼덕이며 가는 새
다른 무리들이 줄곧 추월해 가는데

그 흐름을 거슬러 오고 있는 새 한 마리

점, 점 가까워지다
공중에서 마주친다

끼룩끼룩, 끼룩끼룩
둘이 요란스레 주고받더니

앞서간 일행을 좇아간다
나란히 함께 간다

그 몸짓과 소리가 낯익다
너른 들판에서 혼자 비와 우박을 온몸으로 맞던 열 살
지구에 나 혼자뿐이라고 생각하던 스물

길을 잃고 헤매던 춥고 어두운 숲속에서
저런 몸짓으로
나를 이끌던 사람들이 있었다

봄비

박성한

마스크 밖 세상에
숨을 고르고
눈앞의 계절에 발길 멈춘 사이

오시었는가
선물처럼

자목련 백목련 꽃그늘 아래
황사까지
말끔히 씻어낸 얼굴로

죄업에 고개 숙인 어깨 위로
꽃을 피워냈다고
봄의 얼굴로 걸어오라고

신 공무도하가

미끄러지는 길만 골라 다닌 사내가 있었다
그 길만은 가지 말라 붙들어도
한사코 소맷자락 뿌리치더니
그예 길 위에 널브러졌다, 바나나 껍질을 밟은 것처럼
나동그라져 다시는 일어나지 못했는데
그사이
세상은 다른 바나나 껍질을 몰래 길에 깔아두었다

아버지의 연장

양문규

식량주의자였던 아버지 평생 농사꾼으로 산다
논과 밭과 한 몸으로 연민할 것을
사랑할 줄 아는 아버지의 연대
쌀 보리 밀 콩 감자 고구마를 위하여
일흔, 하고도 네 해 동안 보급 길 걸어왔다
뜨거운 숨을 내뱉으며,
땅속에 낙원이 들어앉길 바라진 않았지만
똥막대기보다 못한 농사가 뭐 그리 대단해
폐농의 논과 밭 밟지 않고
사월과 오월 사이
거침없이 자운영 꽃 자청한 검붉은 울음
아직도 토해내는 것인가
새파랗게 빛나는 농사는 어디에도 없는데,

오르막길을 오르는 법

오르막길을 오르다가 힘들면
고개를 땅으로 숙이고 한 걸음만
내디딜 딱 한 걸음만 생각하며 걷는다

그래도 힘들 때
숨이 턱까지 차고
더는 오르기 싫고
한 걸음도 뗄 수 없을 만큼 절망이 밀려올 때
그때
뒤로 돌아 걸어보라
턱 막히던 숨통이 트이고
한 걸음도 옮기기 힘들 것 같던 걸음이 가벼워진다

등 뒤에 남은 길이 보이지 않아도
돌아선 내 앞에서 나를 따라오는 길
멈추지 않고 내가 걸어온 모든 길이
내 걸음을 밀어준다

아직 다 오르지 못한 길에서 숨이 턱 막히고 무릎 꺾어
질 때
뒤로 돌아 어제 내가 올라온 길이 밀어주는 힘으로 걸어

보라

보이지 않아도 끝을 믿기에
걷는 일 멈출 수 없음을 알기에
우리 그렇게 살아왔기에

자세에 대해

오철수

어떤 일을 하든
그 일에 알맞은 적당한 자세가 있다
대개는 불필요한 움직임을 줄이고
가장 효율적으로 동작과 동작을 연결하여
일 과정을 하나의 흐름과 리듬처럼 만든 것이다
그래서 일 잘하는 사람의 움직임은
쉬워 보이고 여유롭다
그런 분이 옆에서 가르쳐주면
한 시간 일이 사십 분짜리 일이 된다
물론 자세가 몸에 익어야 하지만
가장 합리적인 작업 동작이므로
다른 방식보다는 한결 쉽다
일을 배운다는 것은 일 과정을
몸의 흐름으로 만드는 것이고
여유란 것도 그 자세의 부산물이다
시란 것도 그 몸에서 뽑아낸
붉은 명주실이어야 할 것 같다

외줄

옥효정

떨어져서야 오를 수 있는 하늘,
다섯 아이를 지문처럼 남겼다

매일 밧줄의 길이만큼 지상으로 내려왔다
하늘이라기엔 너무 낮았고 땅이라기엔 너무 높아 어디
에도 속할 수 없는 그는 언제나 경계인이었다 그를 하늘이
라 부르기도 땅이라 부르기도 하는 이유였다

허공의 한 점으로 매달린 그는 태양과의 정면승부밖에
달리 길이 없었다 손의 움직임이 빨라질수록 바다의 시원
(始原) 같은 물방울이 피부를 뚫고 올라왔다 콘크리트 벽에
붓질할 때마다 마음속 색깔이 배어나와 몇 번이고 덧칠해
야 했다 허기와 갈증이 몰려올수록 핸드폰 볼륨은 높아지
고…

이 세상 어디가 숲인지 어디가 늪인지 그 누구도 말을
않네*

순간 밧줄이 곤두박질쳤다 그의 귓가를 맴돌던 음표들
도 산산조각이 났다 공중에서 아우성치는 밧줄과 바닥에

널브러진 밧줄 사이, 하늘과 땅의 경계가 선명해졌다

검은 하늘에서 하얀 바다가 침몰했다

* 가수 조용필의 노래 〈꿈〉에서 인용

바람이 머물렀다 간 자리
― 어느 배달 라이더의 죽음에 부쳐

유국환

적색 신호등이 켜진다.
땅에 발을 딛고 헬멧을 벗는다.
풀려난 것에게 바람이 와닿는다.

이자 붙는 몸뚱이 하나 있어 요행이다.
섭씨 30도가 넘는 피크 타임에 붙는 천 원이 있어
점심은 굶어도 좋다.
배달통에 담긴 냉면 얼음이 녹기 전이라면
땀이 등줄기를 흘러내려도 좋다.

참 잘했다.
오지 않는 손님 기다리며 쌓여가는 고지서 보지 않도록
새벽 걸음으로 준비한 찬거리 버리지 않도록
건물주 전화 소리에 화들짝 놀라지 않도록
아내의 엉터리 웃음 보지 않도록
딸내미 처진 어깨 보지 않도록
오토바이 면허 따길
참 잘했다.

아내는 안면이 떨리는 게 스트레스 때문이라지만
내가 스트레스 받을 일이 뭐가 있나.

냉면 받아든 청년들이 고맙다, 고생 많다는 말 한마디가
에어컨만큼 시원한 것을.
  누더기가 된 딸내미 꿈도 오토바이로 한 걸음 한 걸음
기워나가는 것을.
  폐업의 잿빛 경고등 앞에서도 아내 눈빛 켜지던 것을
  운전 조심하라는 늙으신 어머니 문자가 있는 것을.

  길을 막는 적색 신호등
  곧이어 청색으로 바뀌는 것을.

  청색 신호가 들어오고,
  등줄기로 한 줄기 바람이 타고 들어왔다.
  23톤 화물차 아래로 1톤 오토바이가 미끄러진다.

  밀린 잠을 자기로 했다.

월곶에서

유덕선

펄에 구멍이 숭숭 뚫렸다
썰물에 떠내려간 바다는 저만치서 등을 돌리며 눕고
만조의 시간은 늘 그만큼만 주어지고

매장에 손님은커녕 파리도 얼씬 않는다고
가구 밥 삼십 년에 이런 경기는 처음 봤다고
공장을 닫으려니 함께 보낸 식구들이 눈에 밟히고
매장을 내리자니 공장이 캄캄하고
이도 저도 다 접고 동남아에 외주 줘서 싼값으로 뿌려서는
어찌 됐든 나도 한번 남들처럼 약게 살아봤으면 한다고
간수 물에 달라붙은 앙금을 떼어내듯
소주를 들이붓는 고향 친구 얘기 듣다가,

지금은 간조의 시간
깊이 파고 들어가야 한다
기다림이란 어둠에 익숙해지는 거
기다림이란 불안에 낯익어가는 거
빈 소주병에서 나는 소리에 입을 오므려보는 거 아니겠
냐고
만조로 찰랑이는 머릿결을 떠올리며
물이 빠져나간 갯벌에 뚫린 구멍만 셌다

당신은 상추쌈을 무척 좋아하나요

유용주

보약을 먹어도 시원찮을 여름,
나무와 시멘트의 온갖 잡동사니 먼지에
땀쌈장을 만들어
볼이 터지도록 눈을 뒤집어 까며
시어머니, 삶이라는 시어머니 앞에서
훌러덩 치마 깔고 퍼질러 앉아
불경스럽게 불경스럽게⋯⋯

언젠가
내 너의 머리카락을 죄 쥐어뜯고 말리라

호적

설 명절 비상근무를 하다가 부모님 안 계셔 자주 가지 않는 고향을 생각하다가 자식들 발걸음 뜸한 고향 뒷산의 아버지를 떠올리니 문득 고마워집니다. 없는 살림 버티면서 안간힘을 쓰면서 매일같이 막걸리 휘청거림에도 쉽게 꺾이지 않았던 아버지, 말씀처럼 학교라고는 문턱도 넘지 못한 일자무식이어서 그랬는지 막걸리 한 병에도 맥없이 쓰러지는 생의 노곤함에서 그랬는지 출생신고를 늦게 한 아버지가 불현듯 고마워집니다. 덕분에 좀 더 오래 근무할 수 있어서 막걸리 값도 좀 더 벌 수 있어서 고마워집니다. 그러니 설 명절의 외로운 비상근무 따위야 힘든 것도 아니지요. 늘 한 병이면 족하다 하셨지만 다음에는 그 고마운 마음을 담아 두 병 들고 가겠습니다. 바쁜데 무엇 하러 오냐며 산소 오르는 길에 가득 풀어놓은 잡목 가지나 좀 거두어주시면 겨우 막걸리 두 병의 무게로 헉헉거리는 일은 없겠지요. 아무튼 호적에 생년 늦게 올려주신 아버지, 고맙습니다.

부활

— 전태일

이은봉

불더미 속으로
잘 익은 살 내음 속으로
그는 갔다 손을 흔들며
어금니를 깨물며 그는 갔다
환한 얼굴로

이제는 당신의 십자가
당신의 기름진 아랫배
편치 못하리라 어떤 모습으로든
그가 돌아온다
뜨거운 함성이 돌아온다

그의 잘 익은 근골 속으로
타는 눈물이 흐른다
기쁨이 흐른다
노동으로 단련된 구릿빛 내일이
사랑이 흐른다 일찍이 어디
이처럼 벅찬 그리움이 있었더냐
아픈 희망이 있었더냐

우리들 성긴 밥상 위로

보라, 그의 구수한 광대뼈가 돌아온다
떡으로 밥으로
다스운 고깃국이 돌아온다
진수성찬이 돌아온다.

괭이갈매기

이정록

고양이 울음 같다
젖 한번 물리지 못하고 떠나보낸
갓난아기 울음 같다
먼 개펄까지 나가 조개를 캐는 할머니들
온전히 새끼를 거둔 이가 없다
어찌 알고 괭이갈매기는
구럭을 따라가며 아기 울음 소릴 흉내 낼까
그때마다 조새 끝 부드러운 조갯살이
젖을 뿜으며 할머니 등을 넘는다
홀로 일 나와 까뭇까뭇 졸 때
괭이갈매기는 할머니의 등을 쪼아댄다
엄마 죽으면 안 돼 젖을 더 줘야지
어느새 펄 주름에 밀물이 들이치면
발톱을 꺼내어 머리채를 할퀸다
어미를 살리려고 하늘에서 내려온 천사들
마을 쪽으로 길잡이를 한다
날개 속에 감춰둔 갓난아기 얼굴로
아옹아옹 까꿍 놀이도 잘한다
말뚝도 섬마섬마 걸어 나온다

먹먹해지는 일

이태정

아파트 경비원 아저씨 두 분이

나란히 사표를 쓰셨습니다

오늘이 마지막 근무랍니다

며칠 닫힌 경비실 문을 바라보며

그만둘 것을 예감했던 나는

서글픈 생각에 잠깁니다

경비실 문틈 사이로 새우잠을 자던 등 굽은 실루엣이 비
치고

즐겨 부르던 내 모든 형편 다 아는 주님의 찬송가가 새
나옵니다

다 아는 아저씨의 형편은 누가 들어주는지, 들어는 보셨
는지

알 수 없는 원망들이 아파트 복도에 떠다닙니다

다이얼식 라디오 한 대와

포마이카 책상 한 대뿐인 경비실은

관람객 없는 박물관처럼 문을 닫으려 합니다

땡볕 더위 다 지나

몇 년을 싸워 쟁취한 경비실 에어컨을

한겨울 끝에 겨우 달았습니다

이 모든 형편들은 누구를 위한 계획이었습니까

알 수 없는 생각에 서글퍼집니다

보름 후면 설입니다
요즘은 혼자서
먹먹해지는 일이 잦아집니다

한걱정입니다

기타 노동자*

임경묵

아빠는 기타리스트가 아니란다
기타리스트가 아니라서 바리케이드로 막힌 공장 철문
앞, 무성한 닭의장풀 속을 서성이는 젖은 두 발이 되었단다

기타가 없으면 노동도 없고
노동이 없으면 음악도 없지

엄마, 그깟 다 닳은 비누를 양파망에 담아 뭐 하게

그새 많이 컸구나

아빠의 푸른 작업복을 빨아야 한단다
지금은 비누 조각들이 똘똘 뭉쳐 아빠의 푸른 작업복에
새하얀 거품을 조율할 시간

음악이 없으면 노동도 없고
노동이 없으면 기타도 없지

아빠가 기타리스트가 아니면 난 뭐야

그새 많이 컸구나

너도 같이 돌자 동네 한 바퀴, 동네 두 바퀴……
기타리스트가 아니라서 아빠는 지금 외발자전거처럼 쓸
쓸하단다 푸른 작업복이 마를 때까지 너도 같이 돌자
동네 세 바퀴, 동네 네 바퀴……

아빠, 늘어진 기타 줄이 자꾸 발에 걸려요

그새 많이 컸구나

* 콜트콜텍에서 기타를 만들던 노동자 127명은 2007년 정리해고된
  후, 아직까지 기타를 만들지 못하고 있다.

해장라면

장우원

쓰린 속을 달래려
이른 아침 찾아든 24시 분식집

흐린 조명
투명 가림판 너머
당신은 고개를 숙이고 라면을 먹는 중

새벽 인력시장에서 허탕했는지
밤샘 끝내고 귀가하는지
당신 곁은 낡은 가방뿐

세상은 가림판 너머 창밖에 빛나고
방음벽을 들이박기 직전
새가 바라보는 곳은 어디일까

연기 폴폴 나는 해장라면 앞
투명 칸막이 너머
24시 분식집 유리창 너머

날 서서히 밝을수록

흐려지는 시야

투명 가림판 아래
면발이 붇고 있다

개화(開花)

전선용

죄를 추궁하는 점멸에는 타살의 배후가 있다
긴장을 견인하는 허공
목련 조명탄이 터질 때
해동된 연막이 점령군처럼 주둔했다
우리에게 오 촉짜리 백열등 같은 희망이 있었다면
툰드라 같은 봄도 괜찮을 텐데,
술 취한 계절은 항쟁 중이고
보고도 믿지 못할 섬광은 내 눈을 멀게 했다
전염병처럼 봄을 뭉개는 점령군
꽃가루 같은 최루탄을 우리는
얼마나 견뎌야 할지,
민들레 애기똥풀,
숨을 곳 찾아 움 틔우는 낮은 포복들
암살자 같은 봄바람은 폭군 같다
와도 그만, 가도 그만인 계절이 있을까
봄을 마주하는 자세가 불량해서
죄가 홍매화처럼 붉어진 삼월,
골목 가로등은 왜 꽃처럼 안 피는지
귀갓길 골목마다 별도 하나둘 지워졌다
술기운 머문 춘삼월 꽃 잔치
지옥 가는 길이 꽃길이라서 상춘객들
퍽, 좋겠다.

어둠에 이마를 대고

정세훈

나의 불빛을 끄고
나는 우네.

찬란한 세상의 잠들
평안의 꿈을 꾸는데

나는 버릇처럼
나의 이마를 어둠에 대네.

어둠에 이마를 대면
세상에서 밀려난

구석구석들
선명하게 보여

어둠에 이마를 대고
나는 우네.

걸레

정소슬

나는 걸레다 나는 비정규직이다
반란을 꿈꾸는 비전향 장기수이다
노동의 독이 밴 노동 중독자이다
나를 충동질하여 내 노동을 빨아먹는 그들은
걸핏하면 내 귓등 간질이며 사랑을 주절거리고
가랑이에다 기름을 부어 떡메질 일삼는다
그럴 때면 그의 거친 숨소리에
덩달아 흥분하기 일쑤고
그의 다급한 정에 연민을 느끼기 일쑤고
그러다 그만 계약 연장에 동의해버리기 일쑤고

동의를 받아낸 그는 즉시
나를 구정물 속에 처넣어 인정사정없이 흔들어댄다
그간 얻어먹은 거 다 토해내라 윽박지른다
그 악덕 조항이 애초 기본 규약에 숨어 있었다는 걸
나중에야 알지만
또 속았구나 후회하는 반복이지만
다 잠든 밤 구석에 처박혀
노동의 독물 빼내기만도 힘이 버거운
난치성 결벽증후군까지 품어 안고 살아가는

천형의

그러나 결코 포기되지 않는 봉기의 땀으로
꿈자리 늘 축축한
피톨마다
면면히 흐르는 비분 의열의 검은 피
나는 나는 외세 소탕꾼 아나키스트의 후예이다

꽃은 져도 노동은 남네

정연수

꽃이 지듯 탄광은 문을 닫네
화순
장성
도계
우리나라 마지막 광업소
꽃이 지면 열매를 맺듯 석탄은 불씨를 갈무리하네
겨울 수도사처럼 침묵하며 빈 사택 골목을 걸어가네
연탄구멍마다 동발 세우듯 한숨과 회한 뭉쳐두네

광부의 팔뚝은 종종 분노의 혈관이 핏발을 세우네

모든 탄광이 문을 닫아도
우리 도시는 탄광촌이란 이름을 버리지 못하네
꽃은 져도 꽃나무라 불리듯
탄광촌은, 폐광촌은 여전히 진폐 환자처럼 쿨럭이네
기침이 심할 때마다 꽃잎은 뚝뚝 떨어지네

광부의 발길은 종종 막장도 없는 벼랑으로 가네

그래도 꽃은 피네
노동자는 제 새끼에게도 서러운 노동을 상속하네

설움이 붉게 사무치면 꽃은 지네
꽃이 져야 열매를 맺네
어둠을 견딘 사내는 새벽으로 가네
막장을 몸에 새긴다면 내년에도 꽃은 필 것이네.

지구가 살해되고 있다

정원도

썩은 잇몸에 기생하는 P진지발리스 균이
뇌세포를 장악하고 기억을 뺏어가는 알츠하이머처럼
쥐도 새도 몰래 지구도 자존을 상실해가고 있다

허겁지겁 삼킨 식사가 위장을 망가뜨리고
그렇게 체한 공장들과 자동차들이 뿜어대는 매연에
숨쉬기조차 힘겨워진 지구가 헐떡이네
과잉생산과 과잉소비가 촉발한 대책 없는 발열에
몸살을 앓네
일어날 기력도 없이 병들어 신음하고 있네

곧 지구 환란이 올 것이네
여기저기 화산이 맨틀을 박차고
용솟음칠 것이네
지진이 맨틀을 갈라놓으며 사람을 삼킬 것이네
심해의 중력조차 바뀌면서 해저지진이
거대한 해일로 도시를 삼킬 것이네

지구를 숨 쉬게 하던 거대한 숲이 사라지고
턱턱! 숨을 조여오는 사막이 사막을 배설할 것이네
뜨거운 지구에 녹아내린 빙하가 물의 절대순환 양을 폭

증시켜
　방주로도 살아남을 수 없는 대홍수가 대지를 휩쓸 것
이네
　장기 가뭄으로 쩍쩍 갈라진 땅을 견뎌내지 못한 대기
근에
　가슴뼈가 앙상하게 오그라들 것이네
　불어난 물이 바다를 넘쳐
　야금야금 낮은 섬부터 잠식할 것이네

　공장에서 상품으로 대량 사육되는 가축들이
　성장촉진제에 시달리다가
　야만의 폭식에 살육당한 동물들의 혼이
　대지를 뒤흔들 것이네
　뜨거워진 지구를 견디다 못해 녹아내린 북극 빙하에
　냉동되어 숨었던 수천만 년 전의 강력한 세균들이 되살
아나
　모든 살아 있는 심장을 거두리!

　후회해도 소용없는 날이 코앞이네
　더 늦기 전에 넘치는 핵을 분해하여
　사막에 나무를 심을 일이네

넘치는 공장을 해체하여
대지와 바다를 정화할 일이네
바다를 장악한 플라스틱 미분이 물고기 살점으로 박혀
사람에게 먹히는 먹이 순환으로
로봇보다 더 빨리 플라스틱 인간이 되기 전에

공장과 로봇만 살아남는 미래의 인간은
또 다른 행성으로의 탈출을 꿈꿀 것이네
지구 살해범들이 가장 흉악한 연쇄살인범으로
기록될 것이네

반려의 기술

조기조

개가 전철 안으로 스윽 들어온다
개 목줄을 잡은 여자가 따라온다

한 청년이 자리를 여자에게 양보하고
개는 여자 앞에 바른 자세로 앉는다

시각장애인을 안내한다는 문구가 적힌
노란 조끼를 등에 두르고 있는 개

이따금 개의 머리를 쓰다듬어주는
여자의 손길은 개의 혀처럼 부드럽다

미동도 없이 전철역 네 곳을 지나자
개는 알았다는 듯 출입문으로 이끈다

직업을 갖고 있는 개는 늠름하다.

농부와 노동과 문학관

조동흠

페이스북에 너무한 거 아니냐고
노동문학관 관장인 정세훈 시인이 글을 올렸다.

노동문학관 뒤에 언덕이 있고,
그 언덕 위에 고구마밭이 있다.

시인은 노심초사
비가 와서 언덕이 허물어질까 봐
잔디 씨를 뿌리고
그늘도 만들어주고
물도 주고 가꿨는데

그 밭 주인이 밭을 갈며
밭둑을 무너뜨리고
고랑을 아래쪽으로 내서
빗물이 노동문학관 쪽으로 흐르도록 해놨단다.

그래, 빗물은 아래로 흐르고
흐르는 빗물에 떠내려가는 건
내 맘뿐 아니라

니 맘도 있겠지
밭에 있는 흙도 떠내려오고
둑도 떠내려오고
밭에 심어놓은 씨앗도
어쩌다 떠내려오겠지

사람 사는 거나 문학이나
농사짓는 거나 뭐 있나?
심고 가꾸고 애태우고 땀 흘리고
그러다가 어쩌면 여기 심은 게
자기 자신일지도 모르겠다고
길 가다가 뒤돌아보기나 하겠지.

못생긴 것
덜 자란 것
팔 수는 없지만 먹기에 감사한 감자 같은 것들
주변에서 잘 받고 또 고마워하셨다니

선한 것, 좋은 것 외에도
모자라고 덜 자라고

괴롭고 어려운 일도

무언가를 자라게 하기에는 부족함이 없을 터

노동문학관은 별일 없이

단단하게 뿌리를 잘 내리고 있는 듯하다.

조만간 들러

문학관 안에 뭘 키우고 계신가

한번 들여다봐야겠다.

부천역 아이들 1
― 편의점 털이범

조호진

1.

형사가 찾아왔다.

2.

엄마 떠난 어두운 집에서
그리움을 베고 자던 허기진
소년이 지겨운 라면을 끓였다.

공사판에서 잘린 아버지는
라면 국물로 해장술을 마셨고
다신 엄마를 찾지 말라고 소리치며
주먹을 휘젓다 소주병처럼 쓰러졌다.

3.

열다섯에 처음 수갑을 찬 소년은
다신 죄짓지 않겠다고 반성문을 썼지만
소년을 격려한 이 세상은 반성하지 않았고
법자*가 된 소년은 소년원을 제집처럼 드나들었다.

멍이 든 소년은 부천역을 떠돌면서 삥을 뜯었다.

부천역 뒷골목을 헤매는 거리의 아이들을 모아서
가출팸을 만들었으나 월세가 밀리고 쌓인 원룸은
봄이 왔는데도 불을 켜주지 않았고 며칠이나 굶주린
아이들은 깡소주로 나발을 불었고 흡연의 잔해들은
단전 단수된 방에서 유령처럼 흐느적거리며 춤추었다.

4.
─야야, 양아치 새끼들!
─에잇, 인간쓰레기들!
이런, 도둑놈의 자식들!

세상은 소년들이 사라져주길 원했고
소년 역시 이 세상에서 사라지고 싶었다.
씨팔, 이 세상에 태어나지 않았던 것처럼
좃또, 흔적도 없이 사라지고 싶었던 소년은
그날, 편의점 금고를 털고는 종적을 감추었다.

5.
눈물 많은 소년이
주먹으로 벽을 치는 건

그리움을 감추기 위해서다.
주먹에서 피가 줄줄 흐르는데도
벽을 치는 것은 눈물을 억누르기 위해서다.

소년에게 물었다.
어떤 때 가장 슬프냐고
물었더니 패배한 복서처럼 말했다.

ㅡ사랑받지 못할 때가 가장 슬퍼요!

   6.
소년을 검거하기 위해
부천역 일대를 뒤지던 형사는
담배로 허기 달래던 아이들을 탐문했지만
연기처럼 사라졌다는 제보에 아연실색했다.

희망의 시발역도 아니고
절망의 종착역도 아닌 부천역
신용불량자 아이들은 슬그머니 잠수 탔다가
공기계 핸드폰으로 첩보원처럼 슬쩍 연락한다.

아저씨, 도와주세요.

단서라도 찾을까 하고
찾아온 강력계 형사에게
제보할 거라곤 소년의 눈물뿐,
국밥 사준 것은 무혐의라고 했다.

* '법무부의 자식'이란 말을 줄인 은어.

의사봉과 망치

이제부터 의사봉은 쇠망치로 대신하자

노동을 모르는 이들이 누더기로 만든 법에
노동자가 사고로 죽어도 말 못 하는 세상
노조 활동의 대가로 10억이 넘는 손해배상이
목숨을 압박하는 이상한 나라

이제부터 판사봉은 쇠망치로 대신하자

한참 올려다봐도 그 위에 무엇이 있는지
도대체 보이지 않는 높다란 판사의 책상에는
없는 죄도 만들어 국회의원을 내란범으로 구속하고
정당도 하루아침에 해산해버리는
기름기 번지르르한 나무망치

그 비상식의 요술봉은
아하, 그 역사가 있었지
반민특위 폐기 법안을 통과시킨 반역의 역사
사사오입 개정안을 통과시킨 반민주 의사봉

그 오욕의 역사에 아버지들은 진저리를 치면서

망치 쥔 손에 힘을 주곤 했지
그나마 나라가 무너지지 않은 것은
다리를 절면서도 망치를 놓지 않았던
굳은살 박인 손들이 있었기 때문이지

노동을 모르는 손으로 함부로 두드리는
의사봉이며 판사봉은 대량 살상의 몽둥이
노동자의 피를 부르고
민중의 피눈물을 짜내는
유전무죄 무전유죄의 난장판

이제는 의사봉 대신 쇠망치로 법을 만들자
이제는 판사봉 대신 쇠망치로 판결하자
함부로 휘두르던 방망이는
소여물 쑤는 아궁이에 던져버리고

노동자는 망치를 함부로 휘두르지 않는다
못이 박혀야 할 자리를 정확히 내려쳐
책상이든 집이든 뚝딱뚝딱 창조하는 신비의 도구

우리에게도 아버지에게도 할아버지 때도

충직하기만 했던 망치
그 땀에 젖은 망치 자루가 우리의 유산이다

그 망치질로 우리 집도 짓고
그 망치 소리로 뉴스를 장식하고
그 망치의 신념으로 새 나라를 만들자

개들이 말을 했으면 어쩔 뻔했어

채상근

개들이 모여 사는 어떤 나라에
비양심적이거나 불순한 의도를 가진 개가
아무 데나 똥을 싸질러대서 동네를 더럽히면
개쉐끼! 비리가 있을 거야! 소리를 듣는다네
그 개 나라에는 정의로 똘똘 뭉친 껌찰이 있어
탈 탈 탈 털어서 깜빵으로 보낸다네

개들이 정권을 잡은 개 나라에
궐력짜나 구캐의원의 집에 사는 개들은
두 눈으로 본 대로 알고 있는 그대로 말한다네
기레기들도 진실만을 알리고
개껌사들도 정의를 위해 조직에만 충성한다네
개들에게 물려 죽기 싫어서

개들이 말을 했으면 어쩔 뻔했어
대한밍국 얼론은 울 개만도 모타다!
대한밍국 껌찰은 울 개만도 모타다!
얼론개혁! 껌칠개혁!
귀가 따갑게 떠들고 다녔을 텐데
개들이 말을 안 하고 있으니 다행이지

코로나 시대의 노동시

맹문재

1

2019년 12월 말 중국 후베이성 우한시에서 처음 보고된 코로나19(코로나바이러스감염증-19)의 상황이 언제 끝날지 알 수 없다. 정부는 사회적 거리 두기를 완화하고 조만간 전면 해제할 것이라고 밝혔다. 정부의 계획대로라면 2020년 5월 3일에 시작했던 사회적 거리 두기는 종료되고, 사회의 방역 규칙도 전면적으로 해제되는 것이다. 실제로 우리나라는 세계에서 가장 일찍 엔데믹(풍토병 전화)으로 전환하는 국가가 될 수 있다는 전망도 나오는 실정이다.

위와 같은 정부의 계획을 전적으로 받아들이기는 쉽지 않다. 코로나19로 인해 전 세계에서 550만 명 이상 사망했고, 한국에서도 6,000명 이상 목숨을 잃었다. 사망자가 급증해 장례식장과 화장장의 대란이 일어나고 있고, 위중증 환자도 계속 늘고 있다. 또한 알파 변이 바이러스를 시작으로 베타형, 감마형, 델타 변이 바이러스, 오미크론 변이 바이러스,

스텔스 오미크론 변이 바이러스, 오미크론과 스텔스 오미크론의 조합인 XE 변이 바이러스 등이 계속 발생하고 있다.

코로나19로 인해 우리의 일상은 큰 고통을 겪고 있는데, 무엇보다도 경제적인 면을 들 수 있다. 대면 접촉과 인적 및 물적 이동이 제한되면서 경제활동이 크게 위축되고 있는 것이다. 비대면에 기반을 둔 디지털산업은 그나마 지속되고 있지만, 대면에 기반을 둔 산업들은 심각한 타격을 받고 있다. 정부에서는 긴급 재난지원금을 제공했지만, 어려움에 처한 사람들을 일으켜 세우는 데는 역부족이었다. 지원금으로 수요를 창출하는 것을 넘는 일자리를 마련해야 하는데, 노동시장은 1997년의 외환위기 못지않게 위태로운 지경이다. 불안정한 고용, 저임금, 열악한 노동 환경, 실업 등의 그림자가 사회 전체에 드리워져 있는 것이다.

우리 사회는 코로나19의 상황을 극복할 수 있을까? 인간 가치가 실현되는 사회를 가져올 수 있을까? 지역성과 세대 간의 이기주의로 막을 내린 20대 대통령 선거의 결과를 보면 그 희망이 이루어지는 일이 쉬워 보이지 않는다. 그렇지만 수많은 자연 재난과 질병과 전쟁 등에 함몰되지 않고 이룩해온 우리의 역사가 있기에 끝내 극복할 것이라고 기대한다. 시인들이 이 시대를 고민하는 모습도 그 일환이라고 볼 수 있다.

2

집 안만이 물 밖이다

집 밖으로 나선다는 건 물속으로 들어간다는 것
마스크가 없으면 물속으로 갈 수가 없다
가서는 안 된다 마주 오는 마스크와 마주치면
내외를 하거나 따가운 눈총을 견뎌야 한다
대중교통을 이용할 수도 차 한 잔 마실 수도 없다
남녀는 물론이고 노소도 예외가 없다
마스크가 마스크에게 말을 걸고
마스크와 마스크가 마스크 때문에 언성을 높인다
여분의 마스크가 구원이고 신의 은총이다
집 밖은 언제나 깊은 물속이다

마스크가 바람에 펄럭인다
잎 떨어진 가지에 마스크가 나부낀다
빨간 마스크 노란 마스크 검은 마스크
공항의 감시견을 제외하고는 모든 것이 마스크다
승객은 물론이고 비행기도 마스크를 쓴다
공항의 돌하르방도 예외일 수는 없다
마스크가 바람을 이끌고 낙엽처럼 나뒹군다
공원의 비둘기는 마스크에 발 묶여 옴짝달싹 못 하고
어부의 그물에는 물고기 대신 마스크가 잡힌다

한 해에 6백억 마리의 닭 뼈가 지층을 이루는 지금이다
집안에 들어서야 마스크 벗고 잠자리에 드는 오늘이다
— 김수열, 「호모 마스크스」 전문

위의 작품에서는 코로나19의 상황을 "집 안만이 물 밖"이
고, "집 밖으로 나선다는 건 물속으로 들어간다는 것"이라고
비유하고 있다. 집 안만이 물에 빠지지 않는 안전지대이고,
집의 바깥은 물속이어서 위험지대라는 것이다. 따라서 안전
을 생각하면 집 안에만 있어야 하는데, 실제로 그것은 가능

하지 않을 뿐만 아니라 바람직하지도 않다. 현대사회에 살아가는 사람들은 자신의 토지를 소유하지 못하고 있으므로 가족의 의식주를 스스로 해결할 수 없다. 그러므로 사람들은 위험을 무릅쓰고 물속으로 들어가 다른 사람들과 교류를 해야만 하는 것이다.

코로나19의 상황에 직면한 사람들은 "마스크가 없으면 물속으로 갈 수가 없"을 뿐만 아니라 그렇게 가서도 안 된다. 만약 마스크를 착용하지 않고 물속으로 가다가 "마주 오는 마스크와 마주치면/내외를 하거나 따가운 눈총을 견뎌야 한다". 또한 "대중교통을 이용할 수도 차 한 잔 마실 수도 없다". 이와 같은 처지는 누구도 예외가 아니다. "마스크가 마스크에게 말을 걸고/마스크와 마스크가 마스크 때문에 언성을 높인다". 결국 "집 안에 들어서야 마스크 벗고 잠자리에" 들 수 있는 것이다.

코로나19는 마스크가 인간 사회를 지배하는 환경을 가져왔다. 거리는 "빨간 마스크 노란 마스크 검은 마스크"로 뒤덮여 있고, 공항에는 "감시견을 제외하고는 모든 것이 마스크"로 차 있다. "승객은 물론이고 비행기도 마스크"를 쓰고, "공항의 돌하르방도" 마찬가지이다. 버려진 마스크가 "바람에 펄럭"이고, "잎 떨어진 가지에" 매달려 나부낀다. 바람이 마스크를 이끄는 것이 아니라 "마스크가 바람을 이끌고 낙엽처럼 나뒹군다". "공원의 비둘기"가 마스크에 발이 묶인 채 움직이지 못하고, "어부의 그물에는 물고기 대신 마스크가 잡"히고 있다.

또한 코로나19로 인해 "한 해에 6백억 마리의 닭 뼈가 지층을 이루"는 결과를 가져왔다. 코로나19의 재난은 인간에게 마스크를 쓰게 강요했을 뿐만 아니라 동물들에게도 피해를 주고 있다. 그중에서도 닭은 인간이 선호하는 음식의 품목이어서 큰 희생을 당하고 있다. 과학자들은 공룡의 뼈가 중생대의 화석으로 발견된 것처럼 인류세의 화석으로는 플라스틱, 콘크리트, 그리고 닭 뼈가 발견될 수 있다고 말하기도 한다.

코로나19의 상황에서는 사람들의 왕래가 줄어들어 환경오염이 감소한 면이 있지만, 또 다른 면에서는 심화된 것도 사실이다. 그중의 한 가지가 코로나 쓰레기이다. 사회적 거리 두기가 시행되면서 배달 음식이 급증했는데, 그 음식을 담는 용기가 썩지 않는 플라스틱 제품이다. 플라스틱 제품의 일종인 마스크의 생산도 이전과는 비교가 안 될 정도 증가했다. 우리나라에서 한 해에 쓰고 버리는 마스크가 73억 장 정도인데, 땅에 묻혀 썩으려면 450년이 걸린다. 코로나19가 가져온 환경오염은 이처럼 심각한 것이다.

썩은 잇몸에 기생하는 P진지발리스 균이
뇌세포를 장악하고 기억을 뺏어가는 알츠하이머처럼
쥐도 새도 몰래 지구도 자존을 상실해가고 있다

허겁지겁 삼킨 식사가 위장을 망가뜨리고
그렇게 체한 공장들과 자동차들이 뿜어대는 매연에
숨쉬기조차 힘겨워진 지구가 헐떡이네
과잉생산과 과잉소비가 촉발한 대책 없는 발열에
몸살을 앓네
일어날 기력도 없이 병들어 신음하고 있네

곧 지구 환란이 올 것이네
여기저기 화산이 맨틀을 박차고
용솟음칠 것이네
지진이 맨틀을 갈라놓으며 사람을 삼킬 것이네
심해의 중력조차 바뀌면서 해저지진이
거대한 해일로 도시를 삼킬 것이네

지구를 숨 쉬게 하던 거대한 숲이 사라지고
턱턱! 숨을 조여오는 사막이 사막을 배설할 것이네
뜨거운 지구에 녹아내린 빙하가 물의 절대순환 양을 폭증
시켜
방주로도 살아남을 수 없는 대홍수가 대지를 휩쓸 것이네
장기 가뭄으로 쩍쩍 갈라진 땅을 견뎌내지 못한 대기근에
가슴뼈가 앙상하게 오그라들 것이네
불어난 물이 바다를 넘쳐
야금야금 낮은 섬부터 잠식할 것이네

공장에서 상품으로 대량 사육되는 가축들이
성장촉진제에 시달리다가
야만의 폭식에 살육당한 동물들의 혼이
대지를 뒤흔들 것이네
뜨거워진 지구를 견디다 못해 녹아내린 북극 빙하에
냉동되어 숨었던 수천만 년 전의 강력한 세균들이 되살아나
모든 살아 있는 심장을 거두리!
　　　　　　　— 정원도, 「지구가 살해되고 있다」 부분

　위의 작품은 일종의 묵시록처럼 읽힌다. 지금처럼 인간이
지구를 학대하면 "썩은 잇몸에 기생하는 P진지발리스 균이/
뇌세포를 장악하고 기억을 뺏어가는 알츠하이머처럼/쥐도
새도 몰래 지구"는 생명을 잃을 수 있다. 실제로 "체한 공장
들과 자동차들이 뿜어대는 매연에/숨쉬기조차 힘겨워진 지

구가 헐떡"이고 있다. "과잉생산과 과잉소비가 촉발한 대책 없는 발열에/몸살을 앓"고 있는 것이다.

깊은 병에 걸려 신음하고 있는 지구에 곧 환란이 닥칠 것이다. "여기저기 화산이 맨틀을 박차고/용솟음칠 것"이고, "심해의 중력조차 바뀌면서 해저지진이" 거대한 해일을 몰고 와 도시를 삼킬 것이다. "지구를 숨 쉬게 하던 거대한 숲이 사라지고" "숨을 조여오는 사막이 사막을 배설할 것"이다. 또한 "뜨거운 지구에 녹아내린 빙하가 물의 절대순환 양을 폭증시켜/방주로도 살아남을 수 없는 대홍수가 대지를 휩쓸 것"이고, "장기 가뭄으로 쩍쩍 갈라진 땅을 견뎌내지 못한 대기근에/가슴뼈가 앙상하게 오그라들 것"이다. 심지어 "공장에서 상품으로 대량 사육되는 가축들이/성장촉진제에 시달리다가/야만의 폭식에 살육당한 동물들의 혼이/대지를 뒤흔들 것"이고, "뜨거워진 지구를 견디다 못해 녹아내린 북극 빙하에/냉동되어 숨었던 수천만 년 전의 강력한 세균들이 되살아나/모든 살아 있는 심장을 거"둘 것이다.

따라서 우리는 더 늦기 전에 나무를 심고 가꾸고, 넘치는 공장을 해체하고 대지를 정화하는 일이 필요하다. 바다를 장악한 플라스틱을 건져내어 물고기를 살리는 일도 요구된다. 그렇지만 이와 같은 과제를 해결하기는 쉽지 않다. 인간이 이룬 과학과 기술을 신봉하는 사람들이 많기 때문이다. 그들은 지구에서 살지 못하게 되는 그날을 대비해서 다른 행성으로 탈출하는 꿈까지 꾸고 있다.

우리는 제레미 리프킨(Jeremy Rifkin)이 『엔트로피』에서 경고한 지구의 형편에 관심을 가져야 한다. 지구에는 사용 가능

한 에너지가 감소하고 있다. 다시 말해 환경오염이 말해주듯이 사용 불가능한 에너지가 증가하고 있는 것이다. 에너지는 창조되거나 소멸될 수 없고 그 형태가 사용할 수 있는 데서 사용할 수 없는 데로 바뀐다는 진리가 무시되고 있다. 로널드 베일리(Ronald Bailey)는 『에코스캠』에서 리프킨의 주장이 과대포장된 것이어서 과학기술의 진보를 가로막는다고 비판했다. 그렇지만 자원 고갈, 오존층 파괴, 생물 다양성 감소, 지구 온난화 등을 걱정해야 한다. 결국 자본주의 체제가 추구하는 이익에 함몰되어서는 안 된다는 자각을 가져야 하는 것이다.

3

코로나19의 상황으로 말미암아 "매장에 손님은커녕 파리도 얼씬 않"(유덕선, 「월곶에서」)을 정도로 경제활동에 고통을 겪고 있다. 사회적 약자의 경우 더욱 그러한 것은 두말할 필요도 없다. 사회적 약자에 대한 개념은 다양한 관점에서 규정될 수 있지만, 비정규직 노동자로 보아도 무리는 없을 것이다. 그들은 고용 신분이 불안하고, 저임금과 열악한 노동 환경에 시달리고, 비인격적인 대우를 받고 있다. 따라서 사회로부터 소외되는 그들을 사회적 약자로 부를 수 있는 것이다.

나는 걸레다 나는 비정규직이다
반란을 꿈꾸는 비전향 장기수이다
노동의 독이 밴 노동 중독자이다

나를 충동질하여 내 노동을 빨아먹는 그들은
걸핏하면 내 귓등 간질이며 사랑을 주절거리고
가랑이에다 기름을 부어 떡메질 일삼는다
그럴 때면 그의 거친 숨소리에
덩달아 흥분하기 일쑤고
그의 다급한 정에 연민을 느끼기 일쑤고
그러다 그만 계약 연장에 동의해버리기 일쑤고

동의를 받아낸 그는 즉시
나를 구정물 속에 처넣어 인정사정없이 흔들어댄다
그간 얻어먹은 거 다 토해내라 윽박지른다
그 악덕 조항이 애초 기본 규약에 숨어 있었다는 걸
나중에야 알지만
또 속았구나 후회하는 반복이지만
다 잠든 밤 구석에 처박혀
노동의 독물 빼내기만도 힘이 버거운
난치성 결벽증후군까지 품어 안고 살아가는
천형의

그러나 결코 포기되지 않는 봉기의 땀으로
꿈자리 늘 축축한
피톨마다
면면히 흐르는 비분 의열의 검은 피
나는 나는 외세 소탕꾼 아나키스트의 후예이다

— 정소슬, 「걸레」 전문

위의 작품에서 화자는 비정규직인 자신을 "걸레"라고 비하
하고 있다. 그와 같은 면을 "내 노동을 빨아먹는 그들은/걸
핏하면 내 귓등 간질이며 사랑을 주절거리고/가랑이에다 기
름을 부어 떡메질 일삼"는데, 그때마다 자신이 "덩달아 흥분
하"고 "연민을 느껴" "그만 계약 연장에 동의"하는 것으로 밝

히고 있다. 화자는 갑을관계에서 경제적인 형편이나 시간적인 여유가 부족하고, 정보 취득이나 인맥 조직이 열악해 사용주가 제시하는 계약 조건을 수용하고 만 것이다.

그 결과 "동의를 받아낸" 사용주는 즉시 화자를 "구정물 속에 처넣어 인정사정없이 흔들어"대었다. "그간 얻어먹은 거 다 토해내라 윽박지"르기도 했다. "그 악덕 조항이 애초 기본 규약에 숨어 있었다는 걸/나중에야 알"았지만 소용이 없었다. 법적으로 대응할 수 있는 요건을 갖추지 못했기 때문에 "또 속았구나 후회"할 뿐이었다. 또한 "다 잠든 밤 구석에 처박혀/노동의 독물 빼내기"에도 힘이 벅찼다.

그렇지만 화자는 자신이 "반란을 꿈꾸는 비전향 장기수"이고, "노동의 독이 밴 노동 중독자"라고 말한다. 어떻게 해볼 수 없는 상황이라고 할지라도 "결코 포기되지 않는 봉기의 땀으로/꿈자리 늘 축축"할 정도로 분노하고 있다는 것이다. "피톨마다/면면히 흐르는 비분 의열의 검은 피"를 가진 "외세 소탕꾼 아나키스트의 후예"라고 말하기도 한다.

그러나 화자의 이와 같은 외침이 힘있게 들리지 않는다. 그의 열정이나 용기가 부족해서라기보다는 그를 둘러싸고 있는 갑의 힘이 워낙 강하기 때문이다. 그리하여 그는 더 이상 외치지 못하고 주저앉게 될 것이라고 여겨진다. 마치 "광부의 팔뚝은 종종 분노의 혈관이 핏발을 세우"(정연수, 「꽃은 져도 노동은 남네」)지만, 끝내 힘을 발휘하지 못하는 경우와 같은 것이다.

비정규직 노동자의 형편이 나아지려면 갑이 을을 대하는 태도가 전면적으로 바뀌어야 한다. 그렇지만 자기 이익을

추구하는 데 함몰되어 있는 갑에게 그와 같은 자세를 기대하기는 어렵다. 따라서 정규직 노동자들이 자신의 기득권을 양보하고 비정규직 노동자들과 연대하는 것이 필요하다. 정규직 노동자들과 비정규직 노동자들이 연대해 사용주의 횡포를 막아낸 뉴코아-이랜드의 투쟁이 좋은 사례이다. 그러나 이와 같은 예는 아주 예외적인 경우이다. 정규직 노동자들 역시 자본주의 체제가 요구하는 이익 추구를 포기하지 않기 때문이다. 그렇기에 비정규직 노동자들의 형편은 좀처럼 나아지지 않고 있다.

우리 사회에 비정규직이라는 개념이 등장한 것은 한국 정부가 국제통화기금(IMF)이 제공한 구제 금융을 받으면서부터이다. 국제통화기금은 한국 정부가 요청한 구제 금융을 들어주는 조건으로 부실한 기업 정리, 기업의 인수 및 합병 허용, 노동시장의 유연화, 은행의 자기 자본 비율 8% 이상 유지 등을 제시했다. 다급한 한국 정부는 그 조건을 수용할 수밖에 없었다. 그 결과 기업들의 구조 조정이 본격화되어 노동자들이 대량으로 해고되었고, 단시간 근로(파트 타임), 기간제 근로, 파견 근로 등의 비정규직 고용 방식이 본격화된 것이다.

비정규직 노동자의 열악한 노동 환경과 사회적 차별은 코로나19의 상황으로 한층 더 심해졌다. 자본과 기술, 정보, 인맥 등이 부족한 그들이 겪는 고통은 정규직 노동자의 경우에 비해 클 수밖에 없는 것이다. 비정규직 노동자들은 "하청에 재하청을 수락"(권위상, 「공사장 가는 길」)한 일거리를 맡거나, "위험한 일은 언제나 용감한 당신에게/급하고 무거운 일은 기운 센 당신에게"(김윤환, 「특수사업자 K」)라고 사용주가 꼬드기는 일을 하게 된다. 또한 "아파트 경비원 아저씨 두 분이/나란히 사표를"(이태정, 「먹먹해지는 일」) 쓴 데서 보듯이 억울하게 해고당할 수 있다. 그뿐만 아니라 "새벽 인력시장에서 허탕"(장우원, 「해장라면」)을 치고, "공사판에서 잘린 아버지"(조호진, 「부천역 아이들 1 – 편의점 털이범」)의 경우처럼 일거리 자체를 구하기도 힘들다. 그리하여 비정규직 노동자는 "어둠에 이마를 대고"(정세훈, 「어둠에 이마를 대고」) 눈물을 흘리고, 심지어 생명을 잃기도 하는 것이다.

적색 신호등이 켜진다.
땅에 발을 딛고 헬멧을 벗는다.
풀려난 것에게 바람이 와닿는다.

이자 붙는 몸뚱이 하나 있어 요행이다.
섭씨 30도가 넘는 피크 타임에 붙는 천 원이 있어
점심은 굶어도 좋다.
배달통에 담긴 냉면 얼음이 녹기 전이라면
땀이 등줄기를 흘러내려도 좋다.

참 잘했다.
오지 않는 손님 기다리며 쌓여가는 고지서 보지 않도록
새벽 걸음으로 준비한 찬거리 버리지 않도록
건물주 전화 소리에 화들짝 놀라지 않도록
아내의 엉터리 웃음 보지 않도록
딸내미 처진 어깨 보지 않도록
오토바이 면허 따길
참 잘했다.

아내는 안면이 떨리는 게 스트레스 때문이라지만
내가 스트레스 받을 일이 뭐가 있나.
냉면 받아든 청년들이 고맙다, 고생 많다는 말 한마디가
에어컨만큼 시원한 것을.
누더기가 된 딸내미 꿈도 오토바이로 한 걸음 한 걸음 기
워나가는 것을.
폐업의 잿빛 경고등 앞에서도 아내 눈빛 켜지던 것을
운전 조심하라는 늙으신 어머니 문자가 있는 것을.

길을 막는 적색 신호등
곧이어 청색으로 바뀌는 것을.

청색 신호가 들어오고,
등줄기로 한 줄기 바람이 타고 들어왔다.
23톤 화물차 아래로 1톤 오토바이가 미끄러진다.

밀린 잠을 자기로 했다.
　　　　　　　　— 유국환, 「바람이 머물렀다 간 자리
　　　　　　　　　－어느 배달 라이더의 죽음에 부쳐」 전문

　위의 작품에서 "어느 배달 라이더"는 운전 중에 "적색 신호
등이 켜"지자 오토바이를 잠시 멈추고 "땅에 발을 딛고 헬멧
을 벗는다". "풀려난 것에게 바람이 와닿는" 것을 느끼며 잠
시 휴식을 취한다. 아울러 자신이 배달 라이더가 된 현실을
떠올린다.

　그는 무엇보다 "이자 붙는 몸뚱이 하나 있어 요행"이라고
생각한다. "섭씨 30도가 넘는 피크 타임에 붙는 천 원이 있"
을 정도로 일할 수 있는 몸이 있어 다행이라고 생각하는 것
이다. 그리하여 "점심은 굶어도 좋"고 "배달통에 담긴 냉면

얼음이 녹기 전이라면/땀이 등줄기를 흘러내려도 좋다"고 여긴다.

　그는 배달 일을 하기 전에 음식점을 운영했는데 장사가 잘 되지 않았다. "오지 않는 손님 기다리며 쌓여가는 고지서 보"면서 걱정을 많이 했고, "새벽 걸음으로 준비한 찬거리"를 버릴 때는 속이 상했다. "건물주 전화 소리에 화들짝 놀라"기도 했다. "아내의 엉터리 웃음"도, "딸내미 처진 어깨"도 가슴 아파하며 바라봐야 했다. 그는 그 상황을 타개하기 위해 "오토바이 면허 따" 배달 일을 시작한 것이다.

　그렇지만 그가 자신에게 "참 잘했다"고 칭찬하는 배달 라이더의 일은 결코 쉬운 것이 아니다. 코로나19의 상황으로 물품 주문이 증가하면서 수입이 늘어난 것은 사실이지만, 일거리가 많아지면서 위험이 늘어난 것도 사실이다. 어느 날 그의 아내가 "안면이 떨리는 게 스트레스 때문이라"고 걱정한 것이 그 모습이다. 그렇지만 그는 "내가 스트레스 받을 일이 뭐가 있나"라고 대수롭지 않게 여긴다. 오히려 "냉면 받아든 청년들이 고맙다, 고생 많다는 말 한마디가 에어컨만큼 시원"하다고 보람을 느낀다. 더 나아가 "누더기가 된 딸내미 꿈도 오토바이로 한 걸음 한 걸음 기워나가"고 있고, "폐업의 잿빛 경고등 앞에서도 아내 눈빛 커지"고 있기에 희망을 갖는다.

　그러나 그의 보람과 희망은 한순간 사라지고 말았다. "길을 막는 적색 신호등"이 끝나고 "청색 신호가 들어오"는 순간, 그는 빠른 배달을 위해 오토바이를 움직이다가 사고를 당했다. 그의 잘못인지 상대방 운전수의 잘못인지는 정확하게 알 수 없지만, 그는 "23톤 화물차 아래"에 깔려 목숨을 잃은 것이다.

교통사고에서부터 배달 중에 발생하는 각종 사고에 이르기까지 라이더의 책임으로 떠넘겨지는 것이 일반적이다. 배달서비스 업체들은 배달 사고와 관련해 책임을 지지 않으려고 한다. 배달비가 온전히 라이더에게 지급되는 것도 아니고 일부만 들어온다. 라이더의 업무가 가중될수록 배달 서비스 업체가 이득을 보는 것이다. 그리하여 일반 회사원들보다 더 많은 시간을 일하지만 수입은 결코 더 많지 않다. 아스팔트 노면의 굴곡으로 충격을 받으며 일하다 보니 허리디스크며 목디스크를 앓고 있다. 자신이 원하는 시간만큼 일하는 것으로 보이지만 실제로는 사업주 중심으로 운영되기에 노동 시간도 자유롭지 못하다. 근로계약을 맺지 않는 경우가 대부분이므로 근로기준법에 규정된 권리도 보장받지 못한다. 심지어 음식 배달 라이더의 경우 수많은 고객의 음식을 배달하지만, 정작 자신은 제대로 식사를 하지 못한다. 밥 먹는 시간을 줄여 더 배달해야 목표 금액을 맞출 수 있기 때문이다.

이와 같은 배달 라이더의 모습이 곧 비정규직 노동자들의 형편이다. 그들은 배달 라이더처럼 안전 사각지대에서 희생당하고 있다. "지하철 깊은 서울의 공사판에서/철철 비 맞으며/땅을 파"(박선욱, 「창밖에 비가 내릴 때」)다가 안전사고를 당한다. "벌건 대낮에 음침한 일터에서 발버둥 치던 멱/바싹 틀어쥐고 불구덩이로 몰아넣는 산업 궁전에서/단말마도 없이 스러"(김이하, 「목숨, 환한 봄 목련 지듯」)진다. "사오 층 높이의 흔들리는 아시바 위에서/벽돌과 벽돌 사이를 매끄럽게 메우"(박관서, 「가난과 궁기의 다른 이름」)다가, 또는 "순간 밧줄이 곤두박질"(옥효정, 「외줄」)쳐 사망하기도 한다.

4

코로나19의 상황에서 비정규직 노동자는 고용 조건이 불안할 뿐만 아니라 일자리 자체도 갖기 어렵다. 임경묵 시인이 「기타 노동자」에서 알렸듯이 콜트콜텍에서 기타를 만들던 노동자 127명은 2007년 정리해고된 뒤 아직도 기타를 만들지 못하고 있는 것이 그 모습이다. 비정규직 노동자의 문제는 곧 정규직 노동자의 문제이다. 사용주는 필요에 따라 언제든지 정규직 노동자를 비정규직으로 만들 수 있다. 따라서 비정규직 노동자의 문제는 결국 정규직 노동자의 문제라는 점을 자각할 필요가 있는 것이다.

어느덧 우리 사회의 노동자는 이전 시대와는 전면적으로 다른 환경에서 생존을 모색해야 하는 상황에 놓였다. 디지털 시대의 도래로 말미암아 노동자는 고용 자체가 어렵고, 고용된 노동자도 해고되는 경우가 늘고 있다. 자신이 언젠가는 해고될 수밖에 없다는 것을 노동자들도 스스로 인지하고 있다. 그에 따라 노동자들은 새로운 세계 인식을 가져야 하는 것이다.

디지털 시대 이전으로 인류의 역사를 되돌릴 수 없기에 노동자에게 유리한 세상이 도래하기는 어렵다. 신자유주의 체제가 주도하는 컴퓨터가 작업장에 계속 들어서고 있기에 노동자의 해고를 막을 수 없다. 노동자들은 컴퓨터가 요구하는 기대치를 감당할 수 없다. 교육 수준이 높고, 고급 기능이 있고, 경험이 많은 노동자도 "당신, 창의력이 너무 늙었어!"(공광규, 「몸관악기」)라는 평가로 밀려날 수밖에 없는 것이다. 제레미 리프킨이 『노동의 종말』에서 우려했듯이 컴퓨터의 기술이 인간의 정신 자체까지 대체할 수 있는 상황에 이르렀다.

따라서 노동자는 정치적 인식을 가지고 행동할 필요가 있다. 노동자가 개별적으로 사용주와 계약할 때 임금, 노동 시간, 근무 환경, 복지, 산업재해 등의 사항에 유리한 조건을 확보하기는 어렵다. 노동자들의 정치 행동은 생존권 확보 차원에서 요구된다. 노동자의 노동 환경은 정치 환경과 깊게 연관되어 있기 때문이다. 코로나19의 상황에 맞서는 노동자들의 삶은 힘들지만, 시인들의 노동시를 읽으며 그 동참을 기대한다.

孟文在 | 문학평론가 · 안양대 교수

강병철 1983년『삶의 문학』으로 작품 활동 시작. 시집『유년일기』
『하이에나는 썩은 고기를 찾는다』『꽃이 눈물이다』『호모
중딩사피엔스』『사랑해요 바보몽땅』, 소설집『나팔꽃』등,
성장소설『닭니』등, 산문집『어머니의 밥상』등 있음. 교육
산문집『괜찮다, 괜찮다, 괜찮다』외 편집.

강태승 1961년 충북 진천 출생. 2014년 계간『문예바다』로 작품
활동 시작. 시집으로『칼의 노래』『격렬한 대화』있음. 김만
중 문학상,『머니투데이』경제신문 신춘문예 대상을 수상
했으며 아르코 문학 나눔 수혜를 받음.

공광규 1960년 서울 돈암동 출생. 1986년 월간『동서문학』으로 작
품 활동 시작. 시집『담장을 허물다』등이 있음.

권위상 부산 출생. 2012년 계간『시에』로 작품 활동 시작.

권혁소 평창 진부 출생. 1984년 시 전문지『시인』에 처음 작품을
발표하였고, 1985년『강원일보』신춘문예에 시가 당선되
어 작품 활동 시작. 시집으로『論介가 살아온다면』『수업
시대』『반성문』『다리 위에서 개천을 내려다보다』『과업』

『아내의 수사법』『우리가 너무 가엾다』 등 있음. 제3회 강원문화예술상과 제6회 박영근 작품상 수상.

김수열 1959년 제주 출생. 1982년 『실천문학』으로 작품 활동 시작. 시집으로 『물에서 온 편지』『호모 마스크스』 등이 있음.

김윤환 1963년 경북 안동 출생. 1989년 『실천문학』으로 작품 활동 시작. 시집으로 『그릇에 대한 기억』『이름의 풍장』『내가 누군가를 지우는 동안』 등 있음. 현 사랑의은강교회 목사.

김이하 1959년 전북 진안 출생. 1989년 『동양문학』으로 작품 활동 시작. 시집으로 『눈물에 금이 갔다』『그냥, 그래』가 있음.

김정원 1962년 전남 담양 출생. 2006년 『애지』에 등단하여 작품 활동 시작. 시집으로 『아득한 집』『수평은 동무가 참 많다』 등 다수 있음. 한국작가회의 회원, 『생명과문학』 편집위원.

김형효 1997년 김규동 시인 추천으로 작품 활동 시작. 시집 『사람의 사막에서』 외 시집 5권, 한 · 러 번역시집 『어느 겨울밤 이야기』, 산문집 『히말라야 안나푸르나를 걷다』, 네팔 동화 『무나마단의 하늘』 외 3권, 2017년 네팔어 번역시집 『하늘에 있는 바다의 노래』 있음. 현 한국작가회의, 민족작가연합 서울경기지부장 · 출판위원장.

김희정 1967년 전남 무안 출생. 2002년 『충청일보』 신춘문예에 당선되어 작품 활동 시작. 시집으로 『백년이 지나도 소리는 여전하다』『아고라』『아들아, 딸아 아빠는 말이야』『유목의 피』『시詩서書화畵는 한 몸』『몸의 이름들』『허풍처럼』, 산문집 『십 원짜리 분노』『김희정 시인의 시 익는 빵집』, 그림에세이 『시각시각』, 중학생 글쓰기 교재 『15분 글쓰기 여행』 있음.

나종영 1981년 창작과비평사 13인 신작시집 『우리들의 그리움은』으로 작품 활동 시작. 시집으로 『끝끝내 너는』『나는 상처를 사랑했네』등이 있음. 『시와 경제』『5월시』 동인으로 활동.

맹문재 1963년 충북 단양 출생. 1991년 『문학정신』으로 작품 활동 시작. 시집으로 『책이 무거운 이유』『사과를 내밀다』『기룬 어린 양들』『사북 골목에서』등이 있음.

박관서 1996년 『삶 사회 그리고 문학』으로 작품 활동 시작. 시집으로 『철도원 일기』『기차 아래 사랑법』『광주의 푸가』 있음. 제7회 윤상원문학상 수상, 현재 한국작가회의 사무총장.

박선욱 1959년 나주 출생. 1982년 『실천문학』으로 등단하여 작품 활동 시작. 시집 『회색빛 베어지다』『눈물의 깊이』『풍찬노숙』 등 있음. 『윤이상평전: 거장의 귀환』으로 2020년 제3회 롯데출판문화대상 본상 수상.

박설희 1964년 강원도 속초 출생. 2003년 『실천문학』으로 작품 활동 시작. 시집으로 『쪽문으로 드나드는 구름』『꽃은 바퀴다』『가슴을 재다』가 있음.

박성한 1968년 전북 장수 출생. 2000년『작가들』로 작품 활동 시
       작. 시집『꽃이 핀다 푸른 줄기에』(공저)와 동화『한글이랑
       한문이랑』을 냈고,『국어 선생님의 시 배달』『선생님과 함
       께 떠나는 문학 답사』 등을 함께 엮음.

박일환 1997년『내일을 여는 작가』에 시 추천으로 작품 활동 시
       작. 시집으로『지는 싸움』『덮지 못한 출석부』『등 뒤의 시
       간』 등이 있음.

양문규 1960년 충북 영동 출생. 1989년『한국문학』으로 작품 활동
       시작. 시집으로『벙어리 연가』『영국사에는 범종이 없다』
       『식량주의자』『여여하였다』 등 있음. 현재 천태산은행나무
       를사랑하는사람들 대표, 계간『시에』 발행인.

여국현 1965년 강원도 영월 출생.『푸른사상』 신인상 수상으로 작
       품 활동 시작. 시집으로『새벽에 깨어』, 전자시집『우리 생
       의 어느 때가 되면』, 박인환『선시집(Collected Poems of Park
       Inhwan)』 영역. 현재 중앙대, 방송대 강사.

오철수 1958년 인천 출생. 1986년『민의』로 작품 활동 시작. 시집
       으로『독수리처럼』『사랑은 메아리 같아서』 등이 있음.

옥효정 1969년 대구 출생. 2014년 월간『시문학』으로 작품 활동
       시작.

유국환 1961년 부산 출생. 2020년 5·18 문학 신인상으로 작품
       활동 시작. 시집으로『고요한 세계』가 있음. 현재 방송통
       신대학에 출강.

유덕선 충남 홍성 출생, 2002년 월간 『순수문학』으로 작품 활동
　　　　시작. 시집으로 『봄난장』 『마른 가슴의 노래』 있음.

유용주 1959년 전북 장수 출생. 1991년 『창작과 비평』으로 작품
　　　　활동 시작. 시집으로 『내가 가장 젊었을 때』 등 있음.

윤임수 충남 부여 출생. 1998년 『실천문학』 신인상 당선으로 작품
　　　　활동 시작. 시집으로 『상처의 집』 『절반의 길』 『꼬치 아파』
　　　　있음. 현재 한국철도공사 근무.

이은봉 1953년 세종시(구 공주) 출생. 1984년 창작과비평 신작시
　　　　집 『마침내 시인이여』를 통해 작품 활동 시작. 시집으로
　　　　『봄바람, 은여우』 『생활』 『걸어 다니는 별』 등이 있음. 현재
　　　　광주대 명예교수, 대전문학관장.

이정록 1964년 충남 홍성 출생. 1989년 『대전일보』 신춘문예와
　　　　1993년 『동아일보』 신춘문예에 시가 당선되어 작품 활동
　　　　시작. 시집 『의자』 『정말』 『아버지학교』 『어머니학교』 『눈에
　　　　넣어도 아프지 않은 것들의 목록』 『동심언어사전』 등이 있
　　　　음.

이태정 1973년 서울 출생. 제20회 전태일문학상 수상으로 작품
　　　　활동 시작. 현재 한국작가회의 회원으로 활동하고 있음.

임경묵 경기 안양 출생. 2008년 『문학사상』 신인상을 받으며 작품
　　　　활동 시작. 시집 『체 게바라 치킨 집』 있음.

장우원 1961년 전남 목포 출생. 2015년 『시와문화』로 작품 활동

시작. 시집 『나는 왜 천연기념물이 아닌가』 『바람 불다 지친 봄날』, 시사진집 『안나푸르나 가는 길』 있음.

전선용 1959년 대구 출생. 2015 『우리詩』로 작품 활동 시작. 시집으로 『뭔 말인지 알제』 『지금, 환승 중입니다』가 있음.

정세훈 1955년 충남 홍성 출생. 1998년 『노동해방문학』으로 작품 활동 시작. 시집으로 『부평 4공단 여공』 『몸의 중심』 『동면』 등 있음. 현재 노동문학관 관장.

정소슬 1957년 울산 출생으로 본명은 정정길. 2004년 계간 『주변인과 詩』로 작품 활동 시작. 시집으로 『사타구니가 가렵다』 『걸레』 『내 속에 너를 가두고』가 있음. 한국작가회의, 울산작가회의, 민족작가연합, 민족문학연구회 등에서 활동 중이고, 현재 울산 모처에서 빌딩 경비원으로 근무 중.

정연수 강원 태백 출생. 2012년 『다층』으로 작품 활동 시작. 시집으로 『여기가 막장이다』 『한국탄광시전집』, 산문집으로 『탄광촌 풍속 이야기』 『노보리와 동발』 『탄광촌의 삶』 『탄광촌 도계의 산업문화사』 있음. 현재 탄전문화연구소장.

정원도 1959년 대구 출생. 1985년 『시인』으로 작품 활동 시작. 시집으로 『마부』 『귀뚜라미 생포 작전』 『그리운 흙』 있음. 현재 기계 자영업 중.

조기조 1963년 충남 서천 출생. 1994년 제1회 실천문학 신인상을 받으며 작품 활동 시작. 시집으로 『낡은 기계』 『기름美人』 『기술자가 등장하는 시간』 등이 있음.

조동흠   1973년 경남 남해 출생. 페이스북으로 시를 발표하기 시작. 현재 문화예술잡지 『어쩌다보니』 편집장.

조호진   1959년 서울 영등포 출생. 1989년 『노동해방문학』 창간호에 「손에 대하여」 등의 시를 발표하며 작품 활동 시작, 노동자 시모임 '일과시' 동인. 시집 『우린 식구다』 『소년원의 봄』, 수필집 『소년의 눈물』을 펴냄. 현재 미혼모와 위기 청소년 돕는 일을 10년째 하고 있음.

지창영   1965년 충남 청양 출생. 2002년 『문학사계』로 작품 활동 시작. 시집으로 『송전탑』이 있음.

채상근   1962년 강원 춘천 출생. 1985년 『시인』으로 작품 활동 시작. 시집으로 『다음 열차를 기다리는 사람들』 『거기 서 있는 사람 누구요』 『사람이나 꽃이나』 있음.

동인시 13

꽃은 져도 노동은 남네

인쇄 · 2022년 4월 25일 | 발행 · 2022년 4월 30일

엮은이 · 노동문학관
펴낸이 · 한봉숙
펴낸곳 · 푸른사상사

주간 · 맹문재 | 편집 · 지순이 | 교정 · 김수란, 노현정
등록 · 1999년 7월 8일 제2-2876호
주소 · 경기도 파주시 회동길 337-16(서패동 470-6)
대표전화 · 031) 955-9111(2) | 팩시밀리 · 031) 955-9114
이메일 · prun21c@hanmail.net
홈페이지 · http://www.prun21c.com

ISBN 979-11-308-1909-9   03810
값 10,000원

본 도서는 충청남도와 홍성군의 후원으로 발간되었습니다.